GUÍA DE LECTURA

Escrita por Vincent Jooris
Traducida por Tamara Montes Blanco

El horla

de Guy de Maupassant

Entiende fácilmente la literatura con

ResumenExpress.com

www.resumenexpress.com

GUY DE MAUPASSANT — 1

Novelista y escritor de relatos francés

EL HORLA — 2

Del género de terror al fantástico...

RESUMEN — 3

ESTUDIO DE LOS PERSONAJES — 11

El narrador

El Horla

CLAVES DE LECTURA — 15

La locura, un tema apreciado por Maupassant

Un texto reescrito

La casa, un símbolo

Una novela fantástica

PISTAS PARA LA REFLEXIÓN — 22

Algunas preguntas para profundizar en su reflexión...

PARA IR MÁS ALLÁ — 24

GUY DE MAUPASSANT

NOVELISTA Y ESCRITOR DE RELATOS FRANCÉS

- **Nacido en 1850 en Tourville-sur-Arques (Francia)**
- **Fallecido en 1893 en París (Francia)**
- **Algunas de de sus obras:**
  - *Bola de sebo* (1880), relato
  - *Los cuentos de la tonta* (1883), antología de relatos
  - *Bel-Ami* (1885), novela

Nacido en 1850, Guy de Maupassant es un escritor francés, autor de seis novelas y de casi trescientos relatos. Pasa su juventud en Normandía, donde comienza a estudiar Derecho. En 1870, se alista como voluntario en la guerra franco-prusiana y después se instala en París, donde trabaja como funcionario. Gustave Flaubert, que es amigo de su madre, lo toma bajo su protección y lo introduce en los ambientes literarios. Entonces, frecuenta a escritores realistas y naturalistas, como Émile Zola. De 1880 a 1890, escribe novelas (*Una vida*, *Bel-Ami*, etc.) y muchos relatos realistas (*Bola de sebo*, *La casa Tellier*, etc.) o fantásticos (*El horla*, *El miedo*, etc.) en los que muestra su visión pesimista de la sociedad. Se hunde en la locura en 1890 y muere en 1893.

EL HORLA

DEL GÉNERO DE TERROR AL FANTÁSTICO...

- **Género:** relato fantástico
- **Edición de referencia:** de Maupassant, Guy. 1988. *El horla*. Traducido por Ricardo Zelarayán. Montevideo: Ministerio de Educación y Cultura. E-book en PDF
- **Primera edición:** 1887
- **Temáticas:** locura, género fantástico, angustia, alucinación

El relato *El horla*, tal y como lo conocemos actualmente, salió a la luz en 1887 en una antología publicada por Ollendorff.

En esta obra, Maupassant habla sobre el motivo de la locura, uno de sus temas predilectos, a través de la singular aventura de un hombre que se ve poco a poco desposeído de su existencia por un ser invisible. Esta historia, que tiene un tono fantástico, está escrita en forma de diario personal y en primera persona, lo que refuerza aún más su carácter terrorífico.

RESUMEN

8 DE MAYO

El narrador vive en la misma casa en la que ha crecido, entre Rouen y El Havre, en Normandía. Tras haber pasado la mañana tumbado sobre el césped, contempla los barcos que pasan sobre el Sena, entre ellos, un bergantín brasileño.

12 DE MAYO

El narrador nota que tiene un poco de fiebre.

16 DE MAYO

La fiebre aumenta y esto le causa gran preocupación. Se siente en peligro.

18 DE MAYO

Consulta a un médico que ve que el protagonista está nervioso, pero no le diagnostica ninguna enfermedad. El doctor le aconseja beber bromuro de potasio.

25 DE MAYO

El narrador no constata ningún cambio. Al caer la tarde, le invade un sentimiento de angustia. Todas las noches tiene la impresión de que alguien lo estrangula mientras duerme.

2 DE JUNIO

Su estado empeora y los consejos del médico no resultan eficaces. Para recuperar fuerzas, decide ir a pasear al bosque, pero sufre un ataque de pavor y de vértigo. Se pierde, pero después vuelve a encontrar el camino.

3 DE JUNIO

Tras pasar una noche horrible, decide marcharse de viaje.

2 DE JULIO

El narrador vuelve y se siente curado. Narra su excursión al monte Saint-Michel y transcribe la conversación que tuvo con un monje acerca de lo sobrenatural.

3 DE JULIO

Ha dormido mal. Su cochero sufre las mismas dolencias que él, pero el resto de sirvientes se sienten bien.

4 DE JULIO

La enfermedad del narrador vuelve con los mismos síntomas.

5 DE JULIO

Tras una nueva pesadilla, se da cuenta de que alguien ha vaciado completamente la jarra de agua que tiene junto a la cama. Sin embargo, él duerme con la puerta de la habitación cerrada con llave. Piensa que es sonámbulo.

6 DE JULIO

Esa mañana, la jarra vuelve a estar vacía.

10 DE JULIO

Durante varias noches seguidas, el narrador experimenta con vino, leche, pan y fresas. Constata que estos alimentos desaparecen y cree ser la causa de ello. Otro día, envuelve los alimentos con muselina blanca y se frota con grafito antes de dormir. Al día siguiente, todo ha vuelto a desaparecer, pero no hay ni rastro de grafito en la muselina, lo que significa que el narrador no se ha movido mientras dormía. Decide marcharse a París.

12 DE JULIO

En París, el narrador, ya curado, considera con ironía que las preocupaciones recientes solo eran fruto de su imaginación. Se vuelve a sentir de buen humor y va al teatro.

14 DE JULIO

Este día de fiesta nacional, se pasea solo. Desprecia a la muchedumbre y a los dirigentes del pueblo.

16 DE JULIO

Cena en casa de su prima, la señora Sablé. Uno de los comensales, el doctor Parent, es especialista en enfermedades nerviosas. Este último habla de experiencias de hipnosis y del poder de la sugestión. Las anécdotas que cuenta el médico impresionan al narrador, a pesar de su incredulidad inicial. En su diario, relata con todo lujo de detalles la hipnosis que el doctor Parent le ha practicado a la señora Sablé.

19 DE JULIO

Nadie cree al narrador cuando cuenta la hipnosis de su prima.

21 DE JULIO

Después de cenar va al baile de los remeros.

30 DE JULIO

La víspera regresó a casa.

2 DE AGOSTO

Todo va bien. Los días se suceden con tranquilidad.

4 DE AGOSTO

Los sirvientes discuten, se acusan recíprocamente de haber roto vasos durante la noche.

6 DE AGOSTO

Aterrorizado, el narrador afirma haber visto cómo una mano invisible recogía una rosa. Se cree víctima de una alucinación, sin embargo, ve el tallo cortado. Se siente muy alterado y está seguro de que un ser invisible vive bajo su techo.

7 DE AGOSTO

La jarra de agua vuelve a estar vacía, pero esta vez el narrador ha dormido bien. Se pregunta si está loco o si padece alguna enfermedad cerebral que perturba su pensamiento y que sería la fuente de sus alucinaciones.

8 DE AGOSTO

Aunque no haya constatado nada insólito, el narrador se siente observado.

9-11 DE AGOSTO

No ocurre nada, pero él siente miedo. Piensa en volver a marcharse.

12 DE AGOSTO, 10 DE LA NOCHE

No se decide a partir y se pregunta por qué.

13 DE AGOSTO

Constata su falta de voluntad y su ausencia de fuerzas.

14-15 DE AGOSTO

Asegura que está poseído por un ser invisible que le impide

moverse.

16 DE AGOSTO

Consigue escaparse durante dos horas. Saca un libro de la biblioteca, sobre «los habitantes desconocidos del mundo antiguo y moderno». Al volver a subir al coche, se da cuenta de que ha gritado: «a casa» en lugar de pedir que lo dejen en la estación: piensa que el ser invisible lo ha vuelto a encontrar y a dominar.

17 DE AGOSTO

Permanece hasta la una de la madrugada estudiando con regocijo el libro que ha sacado de la biblioteca. No encuentra la descripción de lo que le persigue, pero se hace muchas preguntas sobre lo que el ser humano no alcanza a percibir y sobre los extraterrestres. A continuación, se queda adormecido, pero se despierta repentinamente y ve que las páginas del libro están pasándose solas, a pesar de que es imposible que haya ninguna corriente de aire. Intenta atacar al ser invisible, pero los muebles caen como si este huyera.

18 DE AGOSTO

Toma la decisión de dejarse manejar, pero prevé rebelarse en algún momento.

19 DE AGOSTO

Se entera a través de una revista de que hay una epidemia de locura en Río. Lo relaciona mentalmente con el bergantín brasileño al que saludó el pasado 8 de mayo. Cree que el ser que lo atormenta viene de ese barco. En lo que parece ser un delirio místico, se convence de la existencia de una raza invisible que reemplazará a la humanidad o la someterá a la esclavitud. Denomina a eso que lo angustia como el Horla.

19 DE AGOSTO

El narrador toma la decisión de matar al Horla. Cuenta cómo lo acecha y cómo intenta atraparlo. El Horla se le escapa. En ese momento, el narrador está aterrorizado: ya no se ve reflejado en el espejo. Unos minutos más tarde, su imagen reaparece.

20 DE AGOSTO

Se pregunta cómo alcanzar al Horla, cómo matarlo. Desecha la idea del veneno.

21 DE AGOSTO

Llama a un cerrajero para que le ponga persianas metálicas en puertas y ventanas.

10 DE SEPTIEMBRE

El narrador escribe desde el hotel Continental, en Ruán. Explica lo que ocurrió el día anterior: dejó abiertas todas las salidas de la habitación y esperó al Horla. Al sentir su presencia, cerró disimuladamente todas las ventanas y la puerta con doble vuelta de llave. Tras haber conseguido recluir al causante de su angustia, roció el resto de la casa con aceite y le prendió fuego. Después, a salvo en el jardín, estuvo contemplando la gran hoguera. El narrador se pregunta si el Horla está muerto y enterrado: como su cuerpo era intangible, quizá también fuera indestructible. Finalmente piensa: «No… no… no hay duda, no hay duda… no ha muerto… entonces tendré que suicidarme…» (Maupassant 1988, 16).

ESTUDIO DE LOS PERSONAJES

EL NARRADOR

En este relato en primera persona, nunca se nombra al protagonista. No cabe duda de que esto se hace para facilitar que el lector se sienta identificado. Este personaje posee una casa en Normandía y parece que pertenece a un entorno acomodado.

Toda la acción viene a parar sobre él. Sin embargo, no vive solo en su mansión, ya que menciona (ya avanzado el relato) la presencia de sus criados. No obstante, rara vez lo vemos interaccionar con otros personajes (excepto durante la sesión de hipnosis en casa de su prima). Incluso en París ◻entre la muchedumbre del 14 de julio o en el baile de los remeros◻ sigue pareciendo un individuo solitario.

A lo largo del relato, el narrador cae enfermo y después se vuelve loco. ¿Es la enfermedad una condición necesaria para que se produzca la locura o es uno de los primeros síntomas de esta? En cualquier caso, las náuseas que padece llevan al narrador a examinar su estado de salud. A partir de ese momento, toda clase de ideas perturban su pensamiento y le causan dudas. Cuanto más reflexiona, más cuenta se da de la fragilidad del intelecto humano y del suyo en particular. De este modo, repara en:

- la incompletitud de los sentidos (Maupassant 1988, 12 de mayo, 2 y 14 de julio, 6);
- la precariedad del equilibrio mental (Maupassant 1988,

25 de mayo, 2);
- el poder de lo que en aquella época aún no era conocido como «subconsciente» (Maupassant 1988, 5 de julio, 5);
- la amenaza de la soledad sobre la mente (Maupassant 1988, 12 de julio, 6);
- la influencia del entorno en el humor (Maupassant 1988, 21 de julio, 9).

Asimismo, en lo sucesivo, el más mínimo detalle extraño e inquietante que pueda encontrar en cualquier objeto llama su atención. Por ejemplo, cuando visita el monte Saint-Michel, se detiene en las «intrincadas escaleras, que destacan en el cielo azul del día y negro de la noche sus extrañas cúpulas erizadas de quimeras, diablos, animales fantásticos y flores monstruosas» (Maupassant 1988, 2 de julio, 3-4) y escucha apasionadamente las leyendas sobrenaturales que le cuenta un monje.

De forma paralela, el narrador toma notas y se habla a sí mismo. Por esto mismo, corresponde a la imagen de locura que tenemos estereotipada en nuestras mentes: al tomar su demencia como objeto de reflexión, el loco analiza sus propias reacciones, comenta hasta los gestos y los hechos más mínimos y al final llega a hablar solo en el vacío, encerrado en su soledad. Totalmente desconectado del mundo que lo rodea, ya no ve a los demás. Su malestar se convierte en una obsesión para él. Piensa que está razonando, pero en realidad elucubra. Poco a poco, el mal mórbido contamina su mente. A medida que la obsesión del narrador se amplifica y que su lucidez se desvanece, su discurso se desintegra, su lenguaje se embala y aminora. Según se vuelve más locuaz, multiplica las mismas preguntas («¿estoy loco»?) y las reflexiones tortuosas. Las repeticiones y los puntos suspensivos indican su paso a la demencia: se siente confuso, se ve en un callejón sin salida y, aturdido, delira.

El narrador, paralizado, espectador de sí mismo, termina por admitir su alienación, tanto en sentido propio (tiene la impresión de ser esclavo de otro ser) como figurado: «Ya no tengo iniciativa; pero alguien lo hace por mí, y yo obedezco. […] ¡Estoy perdido! ¡Alguien domina mi alma y la dirige!» (Maupassant 1988, 13 y 14 de agosto, 11). Pierde completamente la potestad sobre sus actos, la iniciativa para luchar contra su mal. Lo mueve una escalada de reacciones cada vez más paranoicas: intenta capturar al Horla, llama a un cerrajero, incendia su casa y, finalmente, piensa en suicidarse.

EL HORLA

Este personaje, que es el foco de las preocupaciones del narrador, da nombre al relato. Así, está omnipresente desde la primera hasta la última línea de la historia.

Pero su nombre no está relacionado con nada conocido y no hay ninguna interpretación que pueda definir de qué se trata. Esto es algo que Maupassant hizo intencionadamente. De este modo, permanece inalcanzable.

Tanto pronunciado como leído, el nombre del Horla estalla, resuena y llama la atención. Su timbre suscita la fantasía. En el plano acústico, sus dos sílabas irrumpen, se abalanzan y claman. Para otros, estos sonidos evocan los espasmos de un estrangulamiento, el del narrador oprimido por un entorno que lo asfixia. Además, en francés, el Horla lleva a pensar inevitablemente en «hors là» («fuera de ahí»). ¿Se trata de un mandato de expulsión dirigido al protagonista? ¿O se refiere a un mundo más allá de nuestras percepciones? También nos preguntamos si lo podemos relacionar con «oh là!» (interjección francesa). En este caso, ¿sería la orden de un domador a una bestia salvaje, igual que el narrador intenta dominar un pensamiento delirante?

CLAVES DE LECTURA

LA LOCURA, UN TEMA APRECIADO POR MAUPASSANT

La locura es un asunto que preocupa a Maupassant de forma muy personal. Tuvo que internar a su hermano Hervé en 1889 y el equilibrio mental de su madre era precario. No cabe duda de que el escritor temía padecer él también demencia o sabía que la sufría. Fuera como fuere, la locura es uno de sus temas predilectos. De hecho, no teniendo en cuenta más que los títulos, cinco de sus historias abordan este tema entre agosto de 1882 y septiembre de 1885: *¿Loco?*, *La loca*, *¿Un loco?*, *Carta de un loco* y *Un loco*. Además, en multitud de sus novelas aparecen personajes cuya razón se tambalea. Para documentarse, Maupassant llegó incluso a asistir a las clases sobre la histeria del neurólogo Charcot en el hospital psiquiátrico de la Salpêtrière de 1882 a 1884.

UN TEXTO REESCRITO

La historia que nos ocupa es fruto de una larga maduración. Se distingue del resto de relatos de Maupassant por las veces que el autor la reescribió. De hecho, dos textos anteriores a la versión de *El horla* publicada en la antología de 1887 nos explican la reflexión del escritor en su búsqueda de la forma ideal de mostrar la locura. Por lo tanto, tenemos tres relatos emparentados:

- *Carta de un loco* (1885);
- un texto también titulado *El horla*, publicado en dos

periódicos parisinos, el *Gil Blas* y *La Vie populaire* (1886)
—esta versión no se integró en ninguna antología durante
la vida de Maupassant—;
• la versión que estudiamos aquí, *El horla.*

En *Carta de un loco*, un paciente envía a su médico una carta
en la que relata la historia de sus padecimientos. Tras leer
una frase de Montesquieu (escritor francés, 1689-1755) —«un
órgano de más o de menos en nuestra máquina nos hubiera
dado una inteligencia distinta»—, el individuo comienza a
dudar sobre sus sentidos. A esto le sigue un desajuste por
el que afirma ver lo sobrenatural. El episodio del reflejo
perdido se evoca por primera vez: una noche, «el Invisible»
le roba la sombra en un espejo; a la espera de su regreso,
lo único que el paciente ve en el espejo es una multitud de
monstruos.

El Horla del *Gil Blas* nos muestra al doctor Marrande, que
invita a otros siete colegas o eruditos para estudiar un caso
singular e inusual. El paciente se confiesa y ya reconocemos
ciertos elementos constitutivos de la versión final. Una vez
finalizado el relato del enfermo, el doctor Marrande retoma
la palabra y expone sus conclusiones: «No sé si este hombre
está loco y si lo estamos los dos… o si… si nuestro sucesor ha
llegado realmente…».

Para confeccionar sus antologías, Maupassant suele reunir
de forma desordenada una serie de relatos publicados
en diversos periódicos, prácticamente sin revisarlos.
Generalmente, las modificaciones que sufren las historias
en su paso del periódico al libro son ínfimas. Ahora bien,
Maupassant modifica de arriba abajo *El Horla* del *Gil Blas*:

lo alarga, le da cuerpo al discurso del personaje principal, reduce la acción a cinco meses en lugar de doce, etc. El escritor cambia el contenido hasta tal punto que podemos hablar de un texto nuevo: *El Horla* de la antología editada por Ollendorff.

La comparación de las dos primeras versiones revela los inconvenientes que Maupassant halló en estos relatos y la forma en la que los remedió en el relato que estudiamos aquí.

¿Cuáles eran estos inconvenientes?

- En *Carta de un loco*, el paciente analiza sus síntomas de un modo casi científico. Expone su caso como un problema de lógica, una ecuación que resolver. Da fe de esto la recurrencia de los «por lo tanto», que sostienen un razonamiento siempre presente, una sucesión de deducciones. Esta *Carta de un loco* se plantea más bien como la petición de un diagnóstico.
- En la versión del *Gil Blas*, el doctor Marrande sirve de intermediario. La intervención del médico instaura una distancia: el caso del paciente aparece como una simple curiosidad para el restringido círculo de los psiquiatras, que realmente no buscan entender las vivencias de este. Asimismo, la autoridad del especialista fuerza al lector a ajustarse a su opinión, dejando poco lugar a otro juicio.

¿Qué ventajas tiene la última versión, escrita en forma de diario?

- Su cronología presenta bien la evolución de los síntomas:

acompañamos al narrador día a día, vemos cómo su estado se degrada, se estabiliza y, después, se vuelve a agravar. Además, el lector puede observar cómo sus preguntas reaparecen tras cada acontecimiento perturbador. Al anclar la historia en el tiempo, el diario se opone a la *Carta de un loco*, que nos entregaba la historia completa de una sola pieza a la manera de un informe estructurado.

- El discurso introspectivo suprime todo intermediario entre el lector y el diarista. El lector presencia él solo la vida del protagonista. Sumido en su intimidad, entra más fácilmente en su universo y se enfrenta de forma directa al fenómeno relatado. Esta familiaridad golpea la imaginación y favorece la identificación: el lector comparte la angustia del narrador.

- Para terminar, Maupassant se ajusta a su visión de la novela realista: muestra sin juzgar. El diario permite exponer una situación. Gracias a este procedimiento, el escritor evita añadir el más mínimo comentario a lo que describe.

En resumen, tras varios intentos, Maupassant encontró la forma más adecuada de narrar el progreso de la locura en una mente sensible.

LA CASA, UN SÍMBOLO

Para los individuos sedentarios que somos, la imagen de la casa ocupa un lugar preponderante en nuestras representaciones mentales. La casa es, por excelencia, un lugar acomodado, ordenado, organizado; en resumen: un lugar planeado. Protege de las amenazas del exterior. A salvo, el ser humano puede organizar sus ideas y poner su mente en orden. Por consiguiente, la vivienda corresponde a la sede de la razón.

Ahora bien, el narrador cree haberse convertido en *persona non grata* en su propia casa. Tras haberse familiarizado con sus muebles, es visto como un huésped indeseable. En cierta manera, los lares (dioses del hogar) protectores se vuelven en contra de su inquilino y lo expulsan. Para solucionar este problema, se marcha durante un tiempo durante el cual realiza diversas excursiones (al monte Saint-Michel y a París), pero el malestar siempre vuelve a surgir. Se siente expropiado, ya no es dueño de su casa. Se esfuerza en cerrar con llave los accesos, pero no sirve de nada. Obligado a abandonar su casa, el narrador se ve condenado a vagar por el exterior, a vagabundear. Puesto que está alejado de su casa (sede de la razón), no resulta sorprendente que sus ideas «caigan en el delirio y la desgracia arruine su mente».

En la versión de 1887, el relato se detiene en esta fase. Pero, en la versión del *Gil Blas*, el personaje principal es internado con relativo alivio: rencuentra la tranquilidad de nuevas paredes en las llamadas «Petites-Maisons».

UNA NOVELA FANTÁSTICA

Lo que define el género fantástico es la irrupción de un fenómeno extraño e inexplicable en el centro de un relato realista. Desestabilizado por este «cortocircuito» narrativo, el lector no puede evitar buscar una explicación por él mismo. Así, duda entre:

- una hipótesis racional que restablece el realismo del relato: el narrador alucina, se equivoca, es manipulado por un hipnotizador, es víctima de una broma pesada, etc.;
- una hipótesis sobrenatural que acepta la existencia de un prodigio: un acontecimiento inquietante ha contravenido a las leyes naturales del mundo.

Esta distorsión de la verosimilitud de la historia se mantiene reducida: de esta forma, ambas proposiciones coexisten y se sirven la una de la otra. Por añadidura, ninguna de las dos se puede verificar a partir de los datos que nos da la historia. Este equívoco persistente tiene como objetivo mantener la duda en el lector: nada en el texto puede hacer que se decida entre una de las teorías como única interpretación. Lo que no está explicado permanece inexplicable.

En *El Horla*, la cuestión no es saber si el narrador está loco o no, ya que su alienación es innegable. La cuestión recae más bien en la causa de este estado: ¿su locura resulta de una causa natural o es fruto de una persecución por parte de un ser sobrenatural? Varias hipótesis racionales son posibles:

- una enfermedad (puede haberla traído el barco brasileño), cuya fiebre causa delirios;
- un envenenamiento, intencional o involuntario (por ejemplo, con cornezuelo de centeno como en «las brujas de Salem») que provoca alucinaciones;
- hipnosis (o autosugestión), cuyos efectos impresionaron al narrador en París;
- una broma pesada por parte de algún sirviente, etc.

En cuanto a la teoría sobrenatural, admite la existencia de

un ser invisible y malvado que viene de Brasil en barco o de un fantasma que encanta la casa del narrador.

Pero lo único que conocemos es lo que siente el narrador, que solo muestra impresiones personales. Por lo tanto, no podemos comparar su discurso con ningún otro. Por consiguiente, la ausencia de un punto de vista exterior impide posicionarse a favor de una u otra hipótesis.

PISTAS PARA LA REFLEXIÓN

ALGUNAS PREGUNTAS PARA PROFUNDIZAR EN SU REFLEXIÓN...

- Hay días respecto a los que el narrador no escribe nada o casi nada, ¿es porque son días sin historias, de los que no tiene nada que decir?
- La fecha del 19 de julio aparece dos veces. Hay quienes achacan esto a un error de Maupassant. Si esta repetición es voluntaria por parte del escritor, ¿qué puede querer mostrar?
- ¿Cómo explicar que el narrador olvidara a los sirvientes cuando prendía fuego a la casa?
- Si efectivamente se trata de una enfermedad, ¿cómo es posible que el cochero, del que el narrador dice que presenta los mismos síntomas que él, no se vuelva loco también?
- ¿Cómo muestra el episodio del espejo sin reflejo el estado mental del narrador?
- Antes de nombrar al Horla, ¿cómo designa el narrador la presencia que siente? ¿Qué revela esto?
- En su opinión, ¿qué simbolizan la jarra de agua, la leche, el pan, la rosa, etc.?
- ¿A través de qué aspectos podríamos relacionar este relato con los cuentos de ciencia ficción de las décadas siguientes? Justifique su respuesta con extractos del texto.

PARA IR MÁS ALLÁ

EDICIÓN DE REFERENCIA

- de Maupassant, Guy. 1988. *El horla*. Traducido por Ricardo Zelarayán. Montevideo: Ministerio de Educación y Cultura. E-book en PDF.

ESTUDIOS DE REFERENCIA

- de Beaumarchais, Jean-Pierre y Daniel Couty, dir. 2001. *Dictionnaire des grandes oeuvres de la littérature française*, 583-586. París: Larousse-VUEF.
- Bonnefis, Philippe. 1984. *Commentaires* en de Maupassant, Guy, *Le Horla*. París: Albin Michel.

EN RESUMENEXPRESS.COM

- Guía de lectura de *Bel Ami* de Guy de Maupassant.
- Guía de lectura de *Bola de sebo* de Guy de Maupassant.